为了人与书的相遇

骆以军

弃的故事

广西师范大学出版社
·桂林·

图书在版编目（CIP）数据

弃的故事 / 骆以军著．—桂林：广西师范大学出版社，2016.11

ISBN 978-7-5495-7534-3

Ⅰ．①弃… Ⅱ．①骆… Ⅲ．①诗集－中国－当代
Ⅳ．①I227

中国版本图书馆 CIP 数据核字（2015）第 278441 号

广西师范大学出版社出版发行

桂林市中华路22号　邮政编码：541001
网址：www.bbtpress.com

出 版 人：张艺兵

全国新华书店经销

发行热线：010-64284815

山东鸿君杰文化发展有限公司

山东省淄博市桓台县　邮政编码：256401

开本：787mm×1092mm　1/32

印张：7.125　字数：30千字　图片：2幅

2016年11月第1版　2016年11月第1次印刷

定价：36.00元

谨将此书献予

我的父亲与母亲

出生三日，母親將我棄於隘巷，馬牛過道皆避而不踐；母親將我棄於冰渠，飛鳥以其翼遮覆。如果遺棄是一種姿勢，是我蜷身閉目坐於母胎便決定的姿勢是一種將己身遺落於途以證明自己曾經走過或正在走過的姿勢．則不斷遺棄的，其實是最貪婪的，妄圖以回憶躡足擴張詩的領地。」遙遠的父親我見他掩面頹坐在狼籍紊亂不辨來去的足跡之前．「為何將我遺棄？」交遞遠去的回音．我問母親。母親問父親。妳問我。「遺棄便是足印．因為我知道妳將愛戀足印

目 录

春

夏

秋

冬

后来的……

小女儿

骆以军

《弃的故事》是我二十多岁时自费出版的诗集。那时还说过这样的傻话："小说是我的大儿子，诗是我的小女儿。"意即小说，于当时的我而言，是要着盔备甲，持盾举戟，倾全部未来时光之想象，以战争形态冲向让我畏惧的、噩梦魔境的，自己将要变貌、裂解、肝脑涂地的志业。诗只是我羞于见人，童话小行星上的那株玫瑰。如今二十多年过去，我应写了四五个长篇和好几本因周刊专栏而仍作为小说素描练习的短故事集。很长一段时间我不再写诗，也不会写诗（即我秘密的，曾有一本年轻之梦自费出版的薄薄诗集）。

駱以軍詩集
棄的故事

那本绿皮薄薄的长形诗集，当时是我大学时诗选课堂上的作业（大二是罗智成，大三是翁文娴），还有在一群哥们儿弄的一份地下影印“同人文学刊物”《世纪末》上发表过的几首，稚拙但透明。当时是师丈刘高兴先生（翁文娴老师的丈夫）——他已是重要的留法回台画家，却有一种像喷着光雾的独角兽，朝向未来想象的创作者的梦想和对年轻人的热爱——不收一毛钱，赠画给我当封面，并亲自帮我设计整本诗集的所有美术内容。我觉得他和阿翁老师，在做这件事的时候，完全没将我当“未来的一位可能的好小说家”，而就是，那个当下，他们珍爱喜欢的，一个年轻诗人。

另外，当时那本诗集的“自费”，其实是我父亲从他退休金里拿出五万元，帮我印了五百本。他一生清介慷慨，晚年手头甚窘，我却记得他非常开心地将这本怪诗集，拿到同乡会分送给那些可能完全不读现代诗的，那些乡音（南京）极重的异乡老人。我想那绿皮薄诗集，应该是和一些同乡会讯一起被扔在某些老人堆满药瓶、传记文学、剪报或他们的书信纸堆的床头柜吧？

后来父亲过世了。他过世时我其实已三十七岁，已神魂定位是两个小孩的父亲了，但常仍因他的崩倒殒灭而有孤儿之慨。相比于在时光河流中让我百感交集的艰辛，难以言说的像陨石击打在月球表面的许多凹坑，对未来的惘惘的威胁，我常怀念他可以把自己艰苦十倍于我的一生，过得慷慨、仁慈、热爱生命和朋友。

有意思的是，今年，大约是春天之后吧，我发现我又开始“写诗”了。当然还是一些或许让严肃以诗为探索宇宙奥义、一生倾注心神智识为职志的诗人朋友皱眉苦笑的拙稚创作。似乎，隔了二十多年，这个“小女儿”，像袅袅的蜡烛白色光焰，幽灵般地又在我的小说征途，盔甲破裂，刀刃蜷屈，小腿肚布满脓疮和水蛭，眼眶不能自已流出眼屎和泪糊……我敲打键盘，我的“小女儿”便一颗字一颗字出现在电脑的蓝光屏幕上（我从最初至今，所有的小说，不论长短，全部是手写于纸张上）。

我不知道，二十多岁那个眼神还如此清澈、羞怯，但对某些神圣价值燃烧着疯狂火焰的“小说朝圣学徒”，偷孵养在他窄仄贫乏的山里宿舍的，那个“小女儿”；和如今四十六岁，灵魂里插满铁屑和碎玻璃，瞳珠浑浊，颈腮处或不觉已布满鳞片的这个疲惫但或更宽容些，朝暮年余生蹒跚前行，无有奇想的大叔的“小女儿”；她们之间，有何差别？仍是那只时光培养皿中浸泡着，屈膝缩头长发如藻漫开，白皙如百合花茎的少女神吗？仍是我最里头的房间，最隐秘的抽屉，即使星空缠度紊乱，所有颠倒妄想、梦里寻梦，所有崩塌与溶解皆无法侵入的那个“孩童女王”吗？

于 2012 年 11 月 26 日

《弃的故事》印刻新版之前

坠落的深度

阿 翁

“弃的故事”虽是其中一篇，但全诗集里的每一篇，每一丝重要的弦线，当它强力地在你心中一弹，那阵阵的颤音，原来都为了同样的哭泣而颤，那是弃的哀鸣。

活在当代，种种如石榴花爆开的讯息里，在左在右，似乎只日夕为增加这个“弃”字的涵义。我们比任一代的人，更亲近它，更了解它，如果有人要求举一字而总括整个世纪末的风情，谁能反对“弃”的魅力？

诗人之可贵，在于他纯乎天然地，被吸纳进这么一团温软湿润又腐恶的无明里，他不断地跌进，“被放牧的身体，断了绳”式地跌进。他带我们嗅见这样的景光“某些向上，或是向下翩坠的，灵和童身”，“童身童颈童踝童腕，银质镯镣”，纯然寂静地在市曹戛声，优美坠落。

一个城市的深度，便要看这些灵和童身坠落的深度，一种博大的透视象的能力，绝不是各位的风光和舒服所能轻易换取的，浮在表面的嘉奖，或攻击，都是一场场烦躁的忙碌，适足以害事。我们永远无法测知，深海里冷暖流，何时偷偷交换了位置。

我喜欢骆以军的诗，他让我从快餐店出来，走在台北十字路口过马路时，有了一丝的安稳。在张张疲倦焦虑的车内或车外人脸上，他让我有信心，看见超越这些轮廓之外的，一点纯然寂静的光，让我肩膀上轻轻漾起，遥远的山涧的凉风。

对于诗在形式上的创造性，本来还该有许多行内术语要说明，但想想又都不那么重要，便都忘了。

朝圣与返俗

士 峰

或者，是一页页扉黄的诗页正在尘堆中粉化。故事与故事的主角在一个荒漠的夜晚沦为一丝游动的磷火，哭诉着众人遗忘。

只有记忆能拥有一双蜻蛉般的薄网翅，纤灵敏巧地再三飞离，又栖回原地。可能是一根芦杆，可能是一块苔岩，但因每一次的滞空飞翔而暂失踪影的泊停点，已酝酿着下一次仍将出现的预言。一个必胜的赌注。

暧昧，风动于无形，泰半的时间我们是以模糊的影子在进行对话。似乎惟恐过度清楚的轮廓将可遇不可求的会意悉数限禁，并将潜隐于眼瞳至深邃的奥秘全然破译，而丧失无尽之可能，无穷之探索与无名之悸动。

世界至此，似乎不再有原先对可能之临界点所设定的不安。没有一件事是真正完成的，总有偌大的领域等着被攻占。同时，彼此对相互定位的恐惧，早成了一张涕泗纵横的笑脸。悲剧与笑都曾与你我擦身而过，又迅疾远离。没人知道它将在什么时刻卷土重来，重要的是起身迎战。就这样，隔着一层层沉积岩，成化石的真情似乎除了偶然条件与狂热考古学的寻索之外，就只能躺在黑暗的地层中，哭诉着众人之遗忘。

或者，是一片片童话的森林正在另一颗星球蔓延。歌谣与歌谣的吟唱者已在一个寒雪的天明携着木笛执然离去，吹奏着无辜与弃。

无辜，仍因其倨傲迈步前行的姿势。

城市迷离的重光，虚空的幻逝的叠影，都卡在速度飞驰与睡梦缓移这两道逆施力量扯裂下的洞口。一些零碎的影像便如童年时所收集的邮票，一张张鳞列在犹如五线谱的集邮册内页，彼此面对面夹贴，一起被珍藏在画图册架上。

童话之迷人与不可思议处正在于，黑影幢幢的森林内有最可怕之独白，却又隐藏有精灵魔法与巧克力屋。戏剧性，陷阱、危机之暗伏以及人性之换喻，甚至，一切被夸张的表达在此界之内，都将是合法而具严肃意味的。

化为光里且殿堂沉沦滴落的雨声

炮辉

如何凝视盘根错节大槐树上顶着的一湖湛色海洋
你听到淅沥的水声，在插柳向云天枝指间，滴落
你听，那是悲伤的声音
一击击敲痛了裸袒而真诚的心。

那些千回百转纠结的情思在语音间涌流，隐没及浮现来自地底洞穴、陵墓，滴淌着寒凉的水珠与冰晶。
你嗅到了那股气味了吗?
是的，
那是积尘了几百年突地开仓弥漫的烟的光微粒
如何，

你可以在这里发现这座幽冥的水晶矿脉
以深情架构谱出糜烂、毁坏、
腐败之后的哀愁馨香
这是骆以军的作品，是他的诗集。

那时是在天地交界，辽广无人的深宇大殿，矗耸入云的石柱荒圮苍凉，默伫静立，罗满彼身、含泪倾诉“我必是要承受千百入劫在欲污中开出莲华，绽放我幽晦曦明之光”，

颔首、微笑，而必是相见相守于侧，我平定得无丝毫气动。

而终究遗留了天地之音、情之音、景之音，遗留了心之音。

而我似是以光、以风，糅合死亡的节奏与内质里的颤云

而犹记得朔野风吹，清净的他倚侧。

而是的，谨为法门尽殊，各不相同。

字与字间强烈的撞击，意象与意象间如两具缠绞的肉体翻腾。质感与惊悚的事件，是为了撬开现实生命最钢硬的外壳，他露出血肉给你看，逼使你唤起最恶心的，因洁癖带来的欢快，但在文字图腾的印象，血腥、淫猥、场景事件背后，在你呕吐完框架自己的道德外衣及物象标准后，如果还看得到东西，那就是最深而纯粹的生命质感的感动了。

有见光之华灿如“星座歌谣系列”“关于宫崎骏”这些诗，摆脱了早期对意象、事件强烈的着迷之后的改变，诗的节奏感取代了浓烈外象的铺陈，而有一种或快或慢的轻快及速度。而原先封闭于地窖的晦郁气质，也在稀释；成光，向光之朗亮与洁净，属于他的一贯气味“悲悯”与“哀愁”。我知道他的每一首诗，都是一种救赎，而也或多或少释脱了那些被禁锢于意识灵界的某些精灵，因文字、因诗而赋予了生命及存在的意义（或者说是在此一生界描摹出它们存在的生命形态、外在及样式）。而这是极少数的人，才有能力可涉介的境域。

一直相信，生活及生命的诗感是更让自己追求的，如果有一天，可以到达无文字诗、有生命诗的境界，那将是一个高的境界，倘若连“生命诗”也能超越，那么对于己身将已完成。创作的路没有终点，一路翻越过自己，不将有止境。

诗是灵魂最私密的颤音，一首诗，诚实地面对自己的要求，便是一首好诗，诗是极度个人的文体，不是征战杀伐立功立碑的武器。

我知道骆以军懂得。也希望彼此互勉。

恭喜他，出版了自己的第一本诗集。

春

春

好疼好疼地涉过那无桥的河
我的母亲们在上一个渡口弃我而去
我在她们的大腿发酵我答应带走的谣歌
一茎一茎的小花
在我们隔岸对唱的空隙处冒出
好疼好疼地跳过我穿了许多衣裳的瑜伽
挑剔记忆那些
浓一些成酱淡一些成齑粉的
墓碑的颜色
从前那些船夫鼻下青涩的胡须
你只记得在灾疫震摇中
尖闹哗笑提着裙裾跨逃出框格外

的母亲们

有时用色灿亮了些　但

有时你不允许她们

因慈悲而溶成稠液

各各他情妇我的叛徒

（我的优美写在我每一次嘲笑时牵起的皱纹）

黄昏教堂镶彩窗上交叠映出衣不蔽体的你

和黑披风重回北地的情妇

各各他的叛徒

告诉我

我们的优美流落何方

广场上的少年扒手在教堂钟塔斜影里

指指点点

黑披风的老妇将额抵窗台

看着衣不蔽体的你十字架上的你

烛光和赞美诗中

不再忸怩不安

告诉我

各各他的叛徒

告诉我

我们的优美呢

如今沦落何方

广场上的少年扒手踢踏木屐

哗笑着追逐你老去的昔日情妇

他们将她剥得精光

拧着她枯萎的白发游街

瘪掉的乳袋和少女般的大腿

光泽如缎使围观的男人犹心旌淫荡

各各他的我的叛徒

她跪倒在地

裸着少女的大腿老人的肋排

我的叛徒告诉我

我们的优美

淹没了蜚语和侧目的我们的优美
为什么成为祭台上的花束你颇上的
或者街边被人逐打的
我的衣裾零乱
“被关在窗外的人们啊
对于优美除了膜拜便是唾骂。”
那年，在各各他我们的画室
你站在窗口睇视长街
裸着被暗室漂白的身躯
睇视长街上饥饿的少年
被剁去十指的扒窃的手掌
捧不起馊水桶里鲜艳的汤肴
我的叛徒你叹口气将窗掩上
十指冰冷抚娑我如缎的大腿
和少女的乳房
那年的各各他我们的画室

狼藉的颜料、鲜花
画架倾倒纸团遍地
还有我们做爱的渍迹和气息
“不要出声，”我说
“时间在我的抚娑下绕指呻吟
然后剥去恋栈在你肌肤上的
道德的犹疑
成为优美。”
那年赎罪的法官和背德的寡妇
趴跪着从我们窗外的长街爬过
被夕阳拉长的影子
顺从地蜿蜒成积水
流向你白日倾倒彩料的沟洼
“救我，”我说
被你唤醒的骚动和渴望
在内里将我未来的回忆狂暴吮尽

但你只是叹息将窗掩上
裸着被暗室漂白的身躯
在我身旁躺下
任我们的忧伤
不再倒映出灵魂和景色
止水湖泊一般的沉默之中
各各他我的叛徒
我的叛徒衣不蔽体
在十字架上哀伤遥望
黄昏教堂的窗玻璃上
愕然的少年扒手围住被他们剥光衣裳
嚎啕大哭的老妇我的情妇
那年我恍有所悟
披上黑披风回到各各他
“以为
我们的优美

藏身在伪恶的表情后面,”
淫欲、癫狂、空虚的嘲笑僵硬的调情
在神殿的廊柱间追逐
故意让你的衣裾在每一次躲闪时留下线索
“原来不是藏身是
迷路　我的肌肤迷途在你
自相纠缠的指端。”
辛苦布局的迷宫我们
自始就不存在的优美
在最里面的房间
等待至枯槁
饥饿的少年们僵硬地死在你画室的窗下
他们的孩子掠夺枪械自相残杀
孩子的孩子焚毁教堂在大街游荡
各各他我的叛徒
黄昏时我重回此地

额抵窗口问着十字架上的你

美丽的你说谎的你告诉我

我们的优美如今沦落何方

弃的故事

壹

如果
遗弃不再是我
向生命漠谷愤怒掷去的回音
而是姓氏
是母胎以膣温热吻上的烙记
则我们又何须竭力争辩
那年冬天
究竟是你的遗弃将我放逐
在诗和颓废的边陲
或仅为了印证诗和颓废

我，遗弃你。

那年冬天

我耽迷于锄地耽迷于种植

在诗和颓废的荒野

不睬弥天风雪

狂暴

殉情在我炽烫发髭枯槁面颊

尸身以泪的姿势优美坠落。

腊末雪深

我晨昏哼吟走板歌谣

赤足踩过

霜蚀菽叶和九节芒花

模仿巨灵淫邪的舞步

遥远的父亲

“我是处女和脚印媾和的私生子

出生三日，

母亲将我弃于隘巷，
马牛过道皆避而不践；
母亲将我弃于冰渠，
飞鸟以其翼遮覆。
如果遗弃是一种姿势，
是我蜷身闭目坐于母胎便决定的
姿势
是一种将己身遗落于途
以证明自己曾经走过或正在走过的姿势
则不断遗弃的，
其实是最贪婪的，
妄图以回忆蹑足
扩张诗的领地。”
遥远的父亲
我见他掩面颓坐在
狼藉紊乱不辨来去的足迹之前

“为何将我遗弃？”

交递远去的回音

我问母亲

母亲问父亲

你问我

“遗弃便是足印

因为我知道

你将爱恋足印甚于

爱恋我的足踝。”

那年冬天

我将你植于雪芜的荒野

不待抽芽

便踩着巨灵淫邪的舞步

哆嗦离去。

“如果你至今犹被我置于遗弃的雪芜荒野

那么请记住

遗弃是我最浓郁灼烈的吻
是我
啮咬你一生阴魂不散的
爱的手势。”
“你究竟是谁？”
“我是弃。”

贰

周后稷，名弃。其母有邰氏女，曰姜原。姜原为帝喾元妃。姜原出野，见巨人迹，心忻然说，欲践之，践之而身动如孕者。居期而生子，以为不祥，弃之隘巷，马牛过者皆辟不践；徙置之林中，适会山林多人，迁之；而弃渠中冰上，飞鸟以其翼覆荐之。姜原以为神，遂收养长之。初欲弃之，因名曰弃。

弃为儿时，屹如巨人之志。其游戏，好种树麻、菽，麻、菽美。及为成人，遂好耕农……

给弃妇 R

迟疑举步由你
执我前袖悄声离开
反手掩门
将一室灯火辉煌
悉数遮断　从此命定终生离弃
离母弃父焚生辰纹相
诸神与罗刹
华服和笑语
而后离你掩面裙裾抖索
（熟练将遗弃剥制成干燥的乡愁标本）
但是在那个记忆的罅口
我们写在水纹上的残花和诗句

终会褪回苞膜褪回沉浸

褪成光或眼泪的原色

涓滴而竭

“那年之后，

我的涕泗已化为呼息

在每一不动容的瞬间。”

你这样安慰着我

遗弃美学的雏形

当然
你离座复回座的空当
已绰绰允许我和时间签下协议
“关于此次爱情的羊水
已因您预支过多回忆的阵痛
淅沥流尽。”

你安静坐回适才时间和我对话的位子
目光犹疑停在陌生的烟尾
（时间从容不迫地徐徐吐烟
“但是你的牙上已有明显的烟渍。”
我忍住笑告诉他）

你目光迟疑却在我的微笑下顺从地羞怯低脸
“这里的冷气太强，”
身后的鸢尾花悄声起舞
从化石舞成背影
你开始和我讲起这间咖啡屋盥洗室的地砖
美术灯，以及芳香剂的种类

“子宫中的胎儿，
已瘪缩成诗，
像木乃伊一样，”
我亦告诉你我房间收藏的婴尸
有一个尼泊尔人转手其中一只时告诉我
它已有四百零七岁
并且仍然凭借着这个躯形正常老化

酒精皿中下垂的肚腹

灰白耻毛和蜷曲如蔓的足趾
“忍不住插嘴，”时间说，
“关于我齿上的烟渍
是等速于您
以生命纸捻
向我换取智慧的交易往返
烬落与附着。”

“昨晚梦见你将我遗弃，”
你打了一个寒噤，撒娇的告白将成谶语，
“将我们的孩子，盛入酒精皿，
成为你诸多收集中一只不起眼的标本。”

时间早已离座
但他留下的烟尾犹兀自鼻息
“同情哀愁绝望亢奋自卑肉欲

喜剧与神话
诸多婴尸您皆收藏，
只剩下不起眼的一只，
那便是遗弃。”

于是，
在你离座复回座的空当
我和时间达成协议
“我的爱情掩面后退，
平躺在地成为你烟息浓厚的倒影。”

至于鸢尾花裙衫狼藉的舞姿
和　婴尸的故事
我会将它们记载在
关于你的标本谱上。

金牛之歌

请走第一步进来
请走第二步进来
灯光会从你进来那刻
自远处的房间开始黯灭

只剩下
我们蹲下
寂然相觑的侧脸
房间在我和你之间　淡远淡去
几上的花瓶、床底的衣箱
你的照片不再的相框
风筝和风霜

你记得光黯去前
它们的位置吗

请走第一步进来
请走第二步进来
说不说话
不那么重要了
夜空里
低飞过银河的白鸟
翅膀结了冰
生命正一点一滴离开我们的话题
还是得隐忍着
看着彼此
不为周围　一棵一棵撤去颜色的童话森林
分心

那些在房间里

灯黯后缄默了的舞步和回旋

人们忘记了

我全部记得

请走第一步

请走第二步

然后　进来

双鱼

我是水，无论你走至何处，我转。

我总是静坐窗前
生命为何还没开始
便泊止于此

我比他们还洞悉生命
但受苦的依然是我

黎明前他们从时间的桥面跑过
而我总是弓身藏在夜的凹槽和脊梁
啊　夜的惊悚和悬空

后面呢后面是什么

我可以看见画了腮红的木偶

游过星河的豚和女人肩上的刺青

我是预言的卡珊德拉但是

预言不是常比荒城中夺食肠肚的兀鹰更令人厌恶么

我总是停格在生命开始前便先凋败

我总是静坐窗前因为拦出的双手追不上坏毁

而叹息总比灰烬更失落地

颜色从母亲留给我的脸开始剥落

发如青灯一盏一盏由你的指纹间放流

我是打碎的水坛　永远

看不见众生的倒影

却在众生的肖像纸宣上

被它们

点滴吸尽

银桦树之恋

之一

而我始终端坐如初

如

怀胎三月的少妇

风华灼灼不能自已

遇你之后其实便已泥泞

只是来往过间行人无一知晓

蒹衣素鞋走过

（袜沾尘　薄面被我颜色染）

而我始终端坐如

暗自击筑的彼日午

洒洒人声远近

你扬袖起身

而我始终端坐

而我始终端坐

而我始终

银桦树之恋

之二

三月里入城时我看见一株银桦
它底枝叶轻轻摇曳
那时驿道上的官兵正强拉民夫
妇人们打翻了竹篓跌坐在废墟里哭泣
“这是乱世。”
我趴在银桦身后轻轻叹息

银桦呵轻轻摇曳我
轻声叹息

四月里有一队戏子踏爨经过

脸搽白粉额抹黑墨

传言城破前皇帝手刃了公主为恐遭贼人凌辱

兵燹烧红了南北州道连续数月不夜的天空

这样的时节里

有没有人会爱上一株银桦

爱上一株尸骸狼藉野狗争食肠肚旷野里

孤独伫立

兀自清洁兀自少年的银桦

夏

夏

愈远的街你便用腕去隔
背向着凭窗栏杆在白鸟之前
有一些我们的童年自电车
木屐而下
好静好静地泊过来哟
以为要背着这街过一生了
以为在挥手后可以蝉飞入光的眼睑
以为你花裙子下黑细的小腿
被街车拦断的景致中
有更多树的圆点
有更多学童小帽满街翩翩
有更多欲念隐在光的裸裎

以为可以分心得更多

以为可以悠晃

隔到更远的地界

丧礼进行中我暂时离开

我从课室窗外的阴影踩过
第一回低头疾行
第二回偷眼觑你
十三岁澄澈的想望
没有意外
一开始就是一群人里
没有着彩的那个
今后永远稀薄成影子的肩架
还有眼神
我依约而来
踩着走廊沁凉的树阴
和时间的倒影

来回两趟

为的是告诉你这以后一切发生的经过

十六岁那年来潮

十七岁那年故意失去童贞

伏在男人的胸膛假哭耸动着

犹是十三岁女童的乳房和肩膀

十九岁爱上邓肯

并且会抽烟

“先告诉我，我最后是死于哪一种死法？”

走廊上的阴影开始哆嗦

慢慢褪色成你的颜色

二十岁第六次自杀

从此连死也倦懒

二十二岁那年读马克思

遇到一个男人

爱上（真正的）
做爱、争吵
在巴哈的喟叹里
做三明治给他吃

“那个人就是你吧。”
没有意外
我站在你十三岁的课室窗外
望着你终要稀薄成透明的眼神
一开始你便知道是我
十三岁的少女
眼里流转的是
等同于整幕生命的漠然

二十二岁和我做爱
始终抿嘴最后说了一句

“十三岁那个下午，
就知道，
会爱上你，
一辈子为你伤心。”
然后哭了（真正的）

二十二岁的春天爱上我
冬天成为我的寡妇
时间的光轨里我们始终
被离心在边远寒冷的那一环
微弱的不渝约定也将
搓扯成真空
最后一个清晨
并肩站在公园的音乐台上
举手遮光数着天空里
十二只没有心思的白色风筝

我依约而来

告诉你这以后一切发生的经过

没有意外

转身离去的时候

听见我们的影子

任性地坐在课室外的走廊伤心哭泣

女信差的不渝爱情

（我怀疑，你们当年寄给我的情书，全被她给烧掉了。）

那个时候终于决定为自己的寂寞
找一个借口了
怎么样的一个借口呢？
这是最后一次
将恋人焦灼等候的情书
掷入火盆

“只有我是
不渝地爱着。”
那年她十九岁

而今无人对猜测她的年龄
感兴趣

“只有我
不渝地
爱着。”
哀婉的告白浪漫的誓盟
弥散强烈忧愁气质的故事
在火光里掩面黯然
和上次未烬毕的字句
于是你知道
会有一位穿邮政制服的
女信差　帽檐遮住眉眼
在你的那些情人门前伫候

然后将她们的爱情打包入囊

你知道

她骑着刷上绿漆的脚踏车

经过　你们曾经的

校园弹子房社区草坪

和花店

你知道

那些华丽的情诗终到不了你手里终会成为灰烬

你的情人们终会把你忘记

只有她

女信差

从十九岁那年

就不再写信

却从不停止　她的

不渝的

嫉妒和爱情

胜还

星空焦煳如凉置底汤
苦咸冰冷寂寂啜饮
湿履轻踩跤地无声
剑耳于佩鞘窸窣低语：

“袱中首级兮颠簸欲吐
化蛇肚肠兮破腹而去
凝血研粉兮可疗箭疮
那个哀哀告饶底声么
封入小瓶
带回江东换小儿诧喜的娇笑呵”

悼念我离家出走的洋娃娃

穿越我的脊背
淋漓的昨夜宛若冷胶
宛若荧光漆
清晨我经过街道
你底智慧便一波波
从没有面目底灰色人群

候车那边
荡来

“Take easy！”
这样说着。

荡开。

很多正在开放，有的

残忍地捏掉，有的套上白衬衫

或者沾着茄汁的嘴讨论。

液态的动作

没有裂纹　或

匡唧声响

是不是一只　留下液迹的

软体动物呢？

水蛭　或者剥去了壳的蜗牛

之类

哭泣　软软地裂开口　等不及

消音

跟随着　候车的人们集体哭泣

我划着步子行走

更多的破绽而出的布絮

零落遗失　会不会有人争着捡拾？

不敢回头

继续（有些得继续）

哗啦哗啦

哗啦哗啦

继续

窗

街边有狗
从清晨开始
沿着另一个世界的垃圾山丘
或是黑泥塘沟
翻拾过来

还有红毛线衣的孩子
拖两条绿鼻涕
踢狗
污黑
烂疮底脚趾踢在污黑烂疮底皮毛上

不要踢它啊

想对孩子说

但是第二天她便不再来了

换上花布裁底衣裳

倚在街口微笑

妈妈说丽红人客来了紧出来还不

说完将窗掩上　知道

街边仍会有狗

也是埋头翻拾过一身癞痢慢慢死去

然后是另一只狗

从清晨开始

沿街走来

某日午后闯进十六岁 F
冥思中途的课堂

静静坐下在时间的末端
我们被娴熟喊唤的名字
隔着课室桌椅空荡荡在讲台彼方
阴凉微笑地看着你
推门进来前是否正是一场
人影翻动一如过去
课桌凹槽泛着薄光桌面积尘
许多年过去有人死去有人成名
有人不再记得此地
我们开始怀疑　推门前
是否正是一场人影翻动

板擦儿散着粉屑飞过　你
暗恋的那个女孩拢着裙子
坐在桌上和她的死党们
那些名字们规矩坐在他们的位子吵闹
静静推门进来静静走进你时间的初站
静静望着你那时被娴熟喊唤的名字
孤单坐在讲台彼方隔着排列过去课室桌椅
静静对你微笑

秋

秋

万指千指屈拗成烬

万指千指屈拗成焚

万指千指屈拗成盆成晨昏

自昔时华丽蝶蜕起身

夫以躯成干妻以欢鸣的喉颈依附缠藤

夫以铜色身妻以乳白黯入泼烫的夜

批颊躲闪指穿过湿木屑穿过

格子窗应声碎裂

碎裂时低头不舍光尘飞去的己身

有小童在我们的脐肚间持风轻歌

有人在我们枯叶面容最后落处

静默聆听

一个老妇在轮椅上紧握她
从前的邮票肖像

如果最后秋天躺在你的掌中死去
我会仍旧看着你
不动声色
继续说话
不让你发现　我已发现
你底老去
亲爱的□□
把你的掌握张开
那些孩童们掩身在九重葛架后
模糊的笑脸
新娘白纱

一只黄粉蝶飞进宁静的医院午后

那些灯罩上烤干的邮票
之前它们被浸在盛水的便当里
看着你的眼睛听你说话
新娘白纱
我不再瞳焦的新娘
看见那些在窗台上移动的光吗
亲爱的□□
看着我听我说话
我们会像季节一般成为人们的话题
我们像苦楝树一般成为人们经过时坠落的声音

像我黯然离开猛一回头
以为会像昔时
迎上春花一般底灿烂微笑

柔软的三人探戈

门打开

踩过榉木地板

他带着当初从我身边

带走的女人

回来

“原谅我好吗？”

这许多年过去　我已

老去

合上书页时几乎无法分辨

是纸张脆裂的声音

抑或体内某些

原以为不堪承受的

孤寂、嘶喊，或者啮咬的一些
终于碎成粉末

“原谅我好吗？”
多快乐啊可以原谅可以
不原谅
女人较无情　叨絮着
当年的一些细节
并且为你说话
许多年过去
可以原谅可以不
想告诉你　其实
我已经原谅你了
并且总是在思念着
这许多年过去
我总是在书房内困倦睡去

有时有误飞进来的黄粉蝶

焦急地飞不出去

有的折翅死在角落

有的被干燥机吸去水分

安静平躺在我龟裂的手背

“这些年

我始终非常痛苦”

我知道　想告诉你我在意的其实是你

但是这时驼背女佣敲门进来

晚饭准备好了呢先生

将你们留在这里

掩门离开前我看见你

蹲下身子哭泣

想告诉你　这许多年

过去　我已老去　别扭

多疑　并且羞赧

我原本可以和他们跳一曲

柔软的三人探戈的

对于诗人J失恋事件的
一段与之毫不相关的感想

那年的战争实在说不清谁是谁非就糊涂开打
说书老者一个响屁
座下四散惊逃

杨延辉跪别老母踢开了妻
星夜飞马五更回金营
孙悟空留下字迹束好腰带
筋斗刚起噼啪一个巴掌按在地下
马皇后一双大脚
抱起麻子皇帝抱回了大明二百余年的烽火与恩怨

那年的战争我谁也不帮
只是咕咕咯咯踢掉了鞋子凑热闹乱跑
说起来天下大乱
就因为洪太尉一时好奇掀了铁板放倒石碣
银光乍迸

一枚月亮轻颦浅笑却被后羿放箭射落在井底
回座的时候说书老者垂耷着颈子睡着了
朱红批注一朵朵在唾涎里扩散
那以后我便知道
立马征战温酒斩枭雄的架势
将只在时间漠野刮耳的风暴里
寂寞舞耍

像在历史的暗流里蹬开
每一只溺水的手腕和人声嘈杂

偷偷将岁月的契约延期
更多的脸谱、唱腔
更多的悲喜交集风流与倜傥
直到有一天　惊恐地看到

我们围坐在长木桌上的地图和仪轨旁
煤气灯下秃顶的头颅
茂密的疲倦和争辩

地窖上方的马厩旁
一个女娃把辘轳井里的月亮
舀起来吞掉了

关于宫崎骏

下一个约定
便是关于飞翔了
我知道　他们都在瞒我
在灰色的风衣　或者
曳地的新娘白纱下
藏着
开始在脊背坟起的
羽翅　或透明薄翼
因为兴奋而微微颤抖

在他们谈笑自若的眼神中
我看见　正在秘密交换着

一个
云朵那边的约定

独处的时候
他们会茫然若失
念念有词
背诵着
曾经随跌落一并遗忘的歌谣
飞翔之歌

他们都在瞒我
其实我知道
我会在一个满月的夜里
被翅翼拍击声惊醒
从窗台
望见他们像

撒向天空的蒲公英籽

迎着月光

轻唱着　离开暗影中的井台和磨坊

离开

无论如何辛苦假装

也不被他们　视为族类的我

天平

他们问他为何放弃这次的升空计划
他遂蹲在喷泉广场的石砖上哭泣起来

时值战争的最后一个冬天
迎敌升空的同伴像白鸟一般无声地坠落

他描叙着他和他母亲站在废墟两侧的那个镜头
在记忆的透视法中朝消失点奔去的影子们
但他始终在迁徙中不曾离开原位
“始终保持均衡
像贴着光河的水面掠翼而过”
他母亲等待着他飞奔过去

但他戴着飞行帽　在那一瞬间

多希望自己只是洒在河面上的光圈呵

他可以图解出自己在离开上一个自己之后的

每一过程

如果生命可以始终

在掌声或泪水的谢幕前

提前由侧门离场

天蝎之歌

某些
向上
或是　向下翩坠的
灵和童身
我的欲念
一笔一笔
为它们　着彩上色

何必言及天地
此刻
我的文身　并
微光中撤退的一些

依稀往事

有了光
有了记载
有该被遗忘的
在痛娩里弃握而去
某些向下翩翩坠落

不是花落
是天地
在痛里分开

“你是我少年的挽歌”
童身童颈童踝童腕
银质镯镣
锁住他注定要放浪形骸底

白色躯干

车裂　在痛里分开

“她酗狐狸

在人们开始传说以前

如同我们某些私密的癖好

寡妇、男童，或馊掉的大曲

只是因为……”

市曹里

戛声向四方裂碎遁逃

他们

被处决的

缱绻的那次晨光

悲欢

放牧我们的身体
在碑和裂绽的边境

昨日身如花如乳石
在夜与夜的间隙滴落

放牧我们的身体
放牧欲望与梦
荒饥蔓延在
轻声的喘息丛林

放牧我们的身体

欲望嚼食着梦

彩绘沿腿腹流淌

蜿蜒向足趾

以及　陷入的刹那

放牧我们

身体在无法挽回的下降中

听见

那些在光里　繁簇开放的

拳与指

身体在无法挽回的黑暗航行

拳指在腹胁　委屈绽放

昨夜身听见花如乳石滴落

昨夜花听见碑在夜海中航行

昨夜我们听见

欲望如虫蛊窜行

喀吱喀吱嚼食着梦

听见　放牧的身体

断了缰绳

冬

冬

他们抬着十字白袍底哀槁人子　漫行过旷野
地界边缘泛着前日黎明底白色
在亿兆星河膨胀如你阴部
底白色
大批异族曾在一次无声的寒冽季节　黯然离去
他和那群猎人匍伏在冻裂的河床
模仿一切人在审判前应有的追逝和懊悔
让自己相信自己是一只风标
从任何一座空城的牌坊开始结冰
从任何一座空城的哨楼开始结冰
从任何一座空城的烽烟开始结冰
他们用一条肮脏的薄被抬他进城

淫污手臂拖过雪地硃成紫色

他期待有一些路灯会次第点亮

他默许他们在饥饿时

抚摸他伤痕累累的身躯

他以为他听见一些河流的歌声

但他的眼眶深陷

手臂直直插在极光下孤寂的雪原中央

六月的灵幡上开出了一串白蟹兰

第二年我重回故地
把你们零洒遍地的落瓣拾回
那如今只能成为蔻丹或香膏的材料了

孩子们掏我的口袋　狡猾地兜售你们
革命的歌谣
我聆听入神
努力想矫正几处错误的押韵　却
想不起来
隔壁的我们的歌声嚣肆穿墙而来
歪戴军帽尖笑着模仿他们的口号和军操
用铁钳夹住火炭点烟

碰杯时棕榈酒泼溅在呛口的革命草图上
（六月我黯然离席
旁顾无人把幡上的白蟹兰偷偷揣入袖摆）

孩子们满意地将歌谣转手给我之后
便一字不漏悉数忘光
疲倦于交相指责　究竟
遗忘较接近还是沉湎较接近腐败
最初的错愕
也哆嗦蜷身成
背对世界的顽固姿态

“如果寂寞也可称为堕落的话”
第二年我重回故地
向孩子们买了你们的革命歌谣
在没有白蟹兰的黑色灵幡下

伤心知道

关于那场丧礼

我们皆已堕落

我堕落于遗忘

你们堕落于

至今犹任性独守无人出席的

空荡灵堂

水瓶

亲爱的葛丽丝塔　你
安心地睡下吧　整个
城市的街道在你被梦境压平的直发下
展开
你看见那些流过舆图　河一般的车灯吗
亲爱的葛丽丝塔
睡下
欲望　谣言　童年死去的狗
瘟疫　屠杀　以及你虚荣追逐的野战军装
城市的灯在被你远远抛在后的舆图上
一盏一盏点亮

亲爱的葛丽丝塔安心地睡下
梦的速度太快而
夜的幅员总不够当你的跑道
人类的脸庞不只在你灯光扫过的暗处
痛苦痉挛
但你总是不耐　因你
听见灵魂的引擎在极速的爆裂中嘶吼
车胎在弯道滑擦而出的焦味

葛丽丝塔冷寂的窗外并不
总是流星的碰撞、烟火或是银河它华丽的图徽
你总是在速度中串联你的记忆
你遗忘的星舆在你熟睡身躯下方
城市里河流一般的车灯缓缓落后
葛丽丝塔你熟睡的脸庞在夜空发光

而人类的惊惧呻吟混淆成泥彩
永恒在你遗忘的光圈之外
原地打转

惦记着那些在他们身世里的自己

图书室里他们翻着一本线装书
光从玻璃帷窗涌进
悄声地　有一些秘密在进行
但是要从哪里开始呢

从已经腐败蔓爬在耳际的私语
翻开的章句已加上眉批
（倒叙）
从一个已然昏黄的午后之井开始
井底浸着铜币和臼齿
没有拣选　心机
或者教养的微笑

从一条窜过巷沟的银色小蛇开始

但那只是倒叙
时间的进行中故事仍得慢慢蚀尽
他们记得第一页插画中
时间的禁锢是由图书室开始?
而我急着打转
但那一切只是倒叙
故事的重心　之后甚至
成为一只铜币花纹的蛇
关于一条蛇
你们要怎么去传说呢?
如果
最终绑住生命重心的那线幻觉
终于切去
悬垂而下时还会在乎

口语喧哗众说纷纭?

我是一具被切断丝线而下坠的躯体
降落前
还挂心着
影幕那边的观众是
尖叫、诧笑　还是欢声雷动
鼓掌（这一切只是倒叙罢了）
从一个已然昏黄的午后之井开始
惦记着那些在他们身世里的自己
突然想起
时间的禁锢　已从图书室开始
再打开书时
故事随光尘乱飞
光翻着书页
身世翻动着光

徐徐降落时有人推窗探头
喊我的名字
每一层帷窗的玻璃记录了
每一格下跌的姿势

翻开的章句已被人悄悄加上眉批
我始终
惦记着每一格
在他们身世里的我自己
从一个已然昏黄的午后之井开始
从下坠的那刻开始
但那一切只是倒叙

后来的……

想不起来

1

很多年后
我们会忘记当时有多爱多爱某个人
脑部被生命陨石击凹削去最繁琐美丽的边饰
不，像被小铜勺挖空见底的冰淇淋铁桶
忘记那些隐喻如珊瑚礁孔的，白化死去的诗意告白
但只需想起这一句便足当证据
在某个你紧抱住她的神秘时光
那时不知海竟真会枯而花岗岩也真的会泥烂
某个神秘孤独时刻
你（那时的你）心里悲伤地想：

“如果她爱我像我爱她一样，就好了”

2

有时你会出现这样的幻觉
似乎你是在布满尘霾和冰霰的乌托邦平原
那颗有飓风和粉红色天空的荒凉星球上
沙砾飘飞，太阳暗红
没有任何生命
除了你独自待在那空洞的景色里
你觉得这非常美，美呆了
但你又觉得自己是不是疯了
你没有办法占据这个景色
这时候
在你的头顶
不是一艘、两艘、三艘

突然上千艘的外星人的飞行器像鸟群哗啦哗啦
　哗啦飞过
它们的形状全不相同，没有一艘颜色一致
或许你的幻觉让你认出，极近距离舷窗里
某几张你在“过去”那宇宙熟识的脸
有一瞬你想起某一画面，骑独轮车的小丑，
穿荷兰女仆装的熊，一只悲哀的单峰骆驼
金色衣裳的女人
漫天纷飞的白蚁（那是邦迪亚死前的街景？）
你知道它们飞过这一刻（掠过你头顶）
就会远离这颗充满条纹、斑点，不知何人遗下
　运河，和
大片沙漠的死星
它们会散飞像无垠的宇宙

“你为什么哭了？”一旁的生命指数监测器说

你把那小小金属蚱蜢的伙伴拿在手掌
“妈的我刚刚被一个叫做‘爱’的东西抚摸过
　别吵”

3

那种湿雨中我们身旁经过的其实只是一条人烟
　稀少上坡
石板路
却因那些围墙上的青苔，浓密的树林
整片烟蒙蒙的灰绿
像走过一片墓园道
母亲打着伞，我也打着伞
这是学期的最后一天了
接下来的假期，这个小校园将更空无人烟了
我们走到那警卫亭前，居然里头也没有人了

那警卫亭应是日据时代所建
八角驿亭，碎磨石墙，玻璃窗框还是深绿漆的木框
用非常复杂的支架方式将窗外撑
校园里也是一片灰绿色雨雾笼罩的靠挤在一块的建筑群
和那些大面包树，榄仁，凤凰木，白千层，或椰子树
一片空寂
许多学生早已回去了
通常是那些开着黑头车的父母，还带着司机，或美丽的
穿洋装的妹妹
来搬下那些平日就装腔作势家伙宿舍里的一箱箱书或杂物吧

像我这样到车站等了半天

然后和母亲撑伞步行走来学校的
应该是绝无仅有的吧
但我很快在挂着奶突玻璃罩顶灯的穿堂
遇见一群认识的家伙
便走上前加入他们把母亲甩开

不过这群平时在宿舍分看那些猥亵日本女优照
　片说黄色笑话的家伙
似乎被母亲美丽年轻的仪态吓到
他们变成一种忸怩低声交头接耳的模样
“你母亲是个美人啊”

我们被击垮了吗

我们被击垮了吗
我们变得可爱，虚弱
在骑楼边沿，只敢躲进光的世界
不敢像孔雀鱼巡游在最脏污河道
那层层叠叠真实的我们
琐碎，黑暗中如脚踏车轮钢丝辐射，酸臭空养
　乐多瓶
单只臭布鞋，豁裂唇沿的妓女，盆栽，和壶
那一朵朵翻开的恶之昙花

或是相反的
我们只敢趄趄趔趔在骑楼阴凉

祖先（我们自己变成的）梦里
重描刺绣，重穿发白高中军训服
重拨转盘叩喽叩喽电话筒
把自己变成一家矸仔店
不敢像钻进暴雨倾盆
其实钻进我们这时代把什么细缝、小斜影，参差
　全核爆
焚灭
的整片强光里

我们被击垮了吗
我们其实已不在这世界上了吗
我们被那小玻璃酒杯倒扣住了吗
那些我们多年前贪欢好色按倒强奸的无知少女们
她们潦草蹦下的孩子们统治的世界
无限延展到天际线，包围在这断瓦颓垣的最孤独

仓库了吗

即使我们那么美
（她们不是一直都那么说的）
即使我们诚实
（当然我们后来狡猾躲进一种说笑话的诚实）
即使我们灵魂的每一翻页
都是这城市整条街整条街被推平，每一格被压扁尖叫的老门框
它们原本的故事
作为逝水年华的那个记忆
我们
我们还是被放逐到焚风烈焰眨眼之瞬裹进最薄最窄的
那个【　　】里吗
年轻时我们老想把它们剥开但剥不开

现在我们被关在里头

像受骗的神灯巨人

“等等，你们，真的，不想，知道，那全部的
秘密了吗？”

亲爱的

亲爱的列车愈行愈远

空气愈见稀薄

我们看见海鸥倒着飞行

或者我们看见母亲被吃掉的小海豹在月光下悲鸣

亲爱的我只抱歉我们是这样方式老去

没有想过它这般自由

没有想过它这么孤单

亲爱的我从不是在哄你

虽然背景音一直有让我们心慌的汽笛

我们贪看风景

月台闪过那些颓坐老人眼如梦寐指甲卷曲

"我们会变那样吗？"

更多年前你会担心偎靠我肩

我们已变那样了

但我们学会了印加人吹口哨比亲吻还性感

我们学会了在窄走道学老鹰挥翅逗笑害羞的孩子

我们的膝盖坏啦

我们记不起彼此美如鲜花儿的模样啦

我们曾经比小丑还悲伤

比酒鬼还温柔

亲爱的然后我们变现在这个模样啦

但为什么你总在皱眉头

我们终于知道松垮垮的淡风景

就是这样漂流，旅行，摊开地图然后忘记了

硄啷硄啷，硄啷硄啷

松垮垮的拥抱

松垮垮的酒后扯屁

松垮垮的解梦，哀伤报纸上那些不公平

松垮垮的发誓这次我真的不离开你啦

但你已眼睛笑眯如猫无所谓信或不信

曾经我们以为人会愈变愈好

我们在斑马纹晃漾的这节车厢走到下节车厢

我们啊犹豫在某个停靠小站是否下车

也许会认识别的人儿

也许别的人儿会用另一个方式记得，因此有另一个我

没有更好的

也没有更坏的

没法更浓郁但也并不更淡漠

不是因为同情

也过了自伤的年纪

左颊，自在飞花

右颊，隐没进时间它努力在融化中喊停

笑，并没有相反的表情

悲欣交集

思慕微微

恍然感激

你说“我一直在等你先开口”

你说“我在年轻时就梦见这一切了”

你说“我已经原谅你了”

你说“真是不甘心”

你说“答应记住最美丽时候的我”

只是当时已惘然

你说“不想就过了这样的一生”

好日子

七月
然后是八月
然后是九月
然后是十月了

日子的后面还有日子
但做梦为何会醒
醒来坐床沿抽烟
喝杯隔夜茶水把灵魂囚室里
那盆枯掉的铁线蕨浇浇水

这样热的白天

因此连梦里的街道
都像在一只玻璃盏里灼烫白银的烧灯
进来出去说了两三句话的人影都被蒸发掉啦

还是做了功课没写而暑假已结束的噩梦
还是做了偷了哥们儿的女人
但上铺下铺他还跟我说有一天考完咱们去荷兰嫖妓吧
这样的噩梦
还是梦见父亲的鬼魂
拉着我的泳圈在浪里浮沉
沙滩上的比基尼少女们变得好远好远
这样的噩梦
还是梦见把最重要的人儿丢在市集广场
人群里挨挤着　像钻进整游泳池的橙子里
手臂乱掏一模一样的他们
想大喊那弄丢的名却发现这是默片

这样的噩梦

日子的后面，梦被烧灼成铜版画
流动的蚯蚓纹，银泥色的眼泪
从我是个孩子的时候
便总被这些梦吓醒
像有人拿匕首贴着凉舌头
说出去就灭口喔

但其实真正活过的时间
比这些梦境可怕
但为何我可以坐在这边的时间这边的床沿
喷着烟觉得还好
还好，醒过来了

觉得自己是只梦里拖了一道湿迹爬出来的蛞蝓

梦里我们飞行过那些蜡笔画般的灰绿田野

梦里我们飞行过那些蜡笔画般的灰绿田野

传送

取消

或存入草稿匣

其实在梦里我牵了你的袖子

你掩脸说你已经老去啦

但梦里我记得我脸红像第一次见到这样美丽的女孩

当然这些年我在城市的酒馆

暗灭不明的烛光

练习看那些美丽的脸

而渐能坐定如禅僧

梦里我们飞行过卵石滩上那群垂头丧气的年轻士兵
我常听见鱼缸里帮浦打水的寂静声音
或者后来
我以为自己强大到可以不害怕小时候害怕的那些
失眠夜在暗黑里睁着眼
经过葬礼的车队
因为害羞而在人群中没伸手给被欺侮的人
父母的死去
面对神龛里烟雾弥漫的女神而起遐思
医院，迷路，车祸躺在马路中央孤零零的一个人
害怕我只是在内心独白，别人却听见了

我害怕的事儿更多了

梦里
有一次

我在滂沱大雨中等你
像我们年轻时那湿漉漉青苔的蜿蜒阶梯

以为来不及跟你说那句话了
而山就要塌平，激流将淹没一切
我会变一只无法口吐人语的
湿淋淋的白鹭鸶挥翅飞起
我惊吓地醒来
发现，那句话，许多年前
许多年前就对你说了
是好险还是怅惘呢

就这么多年过去了

从前有一本书叫做

从前有一本书叫做爱比死更冷
从前有一本书叫做人生不值得活的
从前有一本书叫做蒙马特遗书
从前有一本书叫做余生
从前有一本书叫做忏悔录
从前有一本书叫做屈辱
从前有一本书叫做生命中不能承受之轻
从前有一本书叫做你他妈的也是
从前有一本书叫做我曾伺候过英国国王
从前有一本书叫做迷宫中的将军
从前有一本书叫做同学少年都不贱
我喜欢一个名字叫怪物们的晚宴

从前有一本书叫做卡拉马佐夫兄弟
从前有一本书叫做绿房子
从前有一本书叫做白噪音
从前有一本书叫做金色笔记
从前有一本书叫做红色骑兵军
从前有一本书叫做黑牢访谈录
从前有一本书叫做青铜时代
从前有一本书大家都知道叫香水
还有一本叫酸臭之屋
放屁的历史，脏话文化史
有一本叫你拉狗屎
有一本叫终于直起来

鳄鱼街，福楼拜的鹦鹉，等待野兽投票，狗日的粮食，
狼图腾，群象，鱼骸，

我是猫，袋鼠男人，伟大的猩猩，千羽鹤，白鲸
记，阿根廷蚂蚁，骑鹅历险记，苍蝇王，蛙
从前有一本书叫做法国中尉的女人
从前有一本书叫做来自中国北方的情人
从前有一本书就叫做美国
另一本叫德语课
从前有一本书叫做阿拉伯的劳伦斯
有一本叫里斯本围城史
有一本叫布鲁克林的纳善先生
有一本米格尔大街
有一本叫柏林童年
最后一个摩尔人

有一本最干脆
就叫异乡人
也有数字滴

1Q84，1984，2666，三四郎，九三年，七信使，第六病房，第五号屠宰场，$10\frac{1}{2}$章世界史，百年孤寂

一千零一夜，八百万种死法

我想我们会好好的

我想我们会好好的
虽然
有一些小小的我们坏掉啦
虽然
不再是那个鬃毛发光的我，眼波流转的你啦
虽然
被这个世界玷污的藤蔓刺青
洗不掉啦它秘密仍在咬着我们皱掉的皮肤
虽然
我的眼白像老房子的墙角那样发霉发黄
我的肺泡像喷枪烧灼的保丽龙蜷曲又粉碎
我的心啊

像一亿年来陨石击打的月亮表面，处处凹坑
我脑袋里的电线断掉啦
我们的孩子流掉啦
他刚长出小鼻子小手指短绒毛或贝壳回音
听见深海鲸鸣的小耳朵

但我想我们会好好的
这在我们年轻时猜想之中
有一天你不再芬芳
但那样阴暗着脸讲你坏话的人就少一些
有一天你走过街巷
男人们不再偷瞄你窄腰长裙下的瘦脚踝
但那样酸液般灼烧我髋骨的焦虑
就淡一些
“花都枯萎啦”
但生命的流河它无止休

我想我们会好好的

第一次的迷路

第一次的脸红

第一次吞下烟吐出来

第一次惊奇摸女孩儿的脸摸那鸟喙般的小乳蕾

第一次你从街对面从光里朝我走过来

它都是真的

它都是真的

虽然

整片麦田的穗子都得了白化症

虽然

山无陵，江水为之竭

这样的景观真的在发生

虽然

有一天我们牵手去逛动物园
所有的斑马狮子长颈鹿大象
都用人类才有的表情在流泪
虽然
他们把脏污的沥青抹在少女白皙美丽的胴体
虽然
我们的肾上腺我们的泪腺我们的荷尔蒙小管
被他们玩成锈松的水龙头
每天湿淋淋锁不紧所以变廉价的
这个被拍成了淫照的世界

但我想我们会好好的
没有弥赛亚
没有约翰蓝侬和琼拜雅
没有阿含经没有若始菩萨从兜率天降神母胎
也就是“未来”成了一只沾着蛋壳和稠液的小鸟

小翅骨和眼睛还未睁开
我们就把它在掌中捏死啦
“他为什么要这样做？”
人群围着打他，吐口水
为一个变丑的世界真正害怕
他们想照几千年前的古老方法
放火烧屋
烧掉整座灾疫邪祟之城
砸烂已汩汩冒出黑液的老神祇
出埃及记
将这片文明废墟成为弃土

但我想我们会好好的
“这是乱世”
我们在那晃荡的火车上
用外套盖着头在里面亲爱地接吻

我们为未来的孩子命名

而且决定教他的第一件事就是用温柔盛大的眼神看

那些美丽的，朝花夕拾

在古老年代就被崇敬命名的事物

不该被羞辱

不该被剥夺

不该粗暴地买，悲哀地卖

不该是塌瘪的谎言

你说“看！ 天上那像银色鱼鳞的台风云！”

我知道我们会好好的

河流啊河流

河流分两道
一条流向未来
一条流向永远

我们因为在这条河道
当分岔看着你在那条河道波光粼粼
的小船上
以为啊以为啊那是回望记忆
以为啊以为啊那是伤痕旧照片
一个弯道不见了
你停在永远
发光的永远

纯净的永远
不会再被世界玷污的永远

后来，后来，后来的许多秘密时刻
我说：“唉唉你看到这个景色就好了。”
我说：“原来如此。”
未来原来是这样的
像那个口吃的玩笑
一瓶洋酒一万六
开！ 开！ 开！
小姐把瓶塞啵打开了
开，开什么玩笑！

或是那些企鹅的笑话，小骆驼的笑话
神父和修女的笑话
我们闻到臭味

不再惊讶那不是漩流腐烂叶子的臭味
不是河滩裂开肚子狗尸体的臭味
是我们自己衣服下身体的臭味
我们意会原来孤独是这么贫困乏味悲伤的事儿
性爱这般美好却无法收藏
在陌生城市流浪如此自由却旅费总用罄
温柔的慈悲我们总将它们弄碎
害羞但固执的尊严
自嘲却潮湿的双眼
（“我这生算是完了”）
恐惧时抓住你的小手
羞辱地说谎
害怕自己美色不再的矜持
喝醉时告白第二天的懊悔
被遗弃的滋味
被原谅的滋味

被信任的滋味
被拥抱的滋味

他们像整袋洒开的珍珠，碎玻璃，弹珠，小金扣，钻石，瓶盖

很多时候
我的自言自语或对虚空中的你说话
只剩下无意义的呜咽
“河流啊，河流”
未来就是枯黄卷曲的烟草
你不点燃它它也霉了潮了
你点燃它它也变让人怀念的白烟和气味

我曾想过
有一天我终会遇到河道像左手右手亲爱的牵握合拢

我们终会又遇见

衰老的我悲不能抑

少女的你一脸灿烂

你或问我“那是怎么样的一种滋味”

我说：“一言难尽，百感交集。”

就较长的时间观看

就较长的时间观看
爱与恨其实是不该作为相反的等价对照
某段时光
你深深恨某人
恨不得啃其心食其骨
很多年过去
完全不恨他了
什么也没留下
非常莫名其妙
当时的忿恨完全是白恨了
真的是梦幻泡影

但若你曾深爱某人
许多年过去了
不爱了
然仍会对那个曾经历之种种
充满怀念和感激
像某个烈日正午
曾经在某个异国小城的西班牙天主堂
那个墙垣上乳黄漆面斑驳裂孔
移动的流光
你或想不起他的长相了
但那个秘密的时光
你总会讶异地在自己脑海的暗室里
巡梭，踯躅，像鱼缸底部的小气泡浮起
像小时候，舌蕾舔着棒棒糖上的细微颗粒
回忆一些“那时”的小小细节
跟那个已经不爱的，遥远的那个人完全无关

只是一个温度，光线，房间窗外雷雨的午后，
　煮咖啡的
蒸气气味
一句傻话
突然涌现

爱比恨划算

爱是能量守恒的
恨比较像股市疯狂下单然后被坑杀了
一场魔术罢了
魔术者也
极短暂时间计算眼睛或心理惯性的错觉

牡蛎

也许像咬破的牡蛎
再没有形状了
没有激情
没有愤怒
没有羞耻感
一种脏脏黏黏的手指记忆
臭味被柠檬盖过了
“这是怎么回事？ 怎么变这样？”
滑滑黏黏地胡闹一场
被强奸过了
调伏
调伏

调伏

在一旁看哭泣的少女被强奸

调伏

调伏

调伏

世界每日，喔不，每秒，在分娩着一个比它自己巨大万倍的世界

不，世界腹泻了

乱喷变成脏水，没有形状的不是它自己的那满涨淹出的

世界

怎么办呢

他，像吹法国号将每根手指轮流吮过

想起那些美丽女人的乳蒂

对我说

“都是海水的咸味”

里面，外面，软体动物，或我们这样的高等脊
　椎动物
痛感的演化
神经中枢的演化
恐惧的演化
哀愁的演化
梦的演化
克服性欲只为一晌贪欢美之晕眩的演化
理解遗弃这件事的演化

她说“不是这样的，不该是这样的”
她说
“我憧憬过一些飞行的方式
譬如白鸟

但今天我突然想

白鸟是啥？

飞行中的一只白色的

什么鸟类？

白头鹰？

海鸥？

鹤？

鸽子？（这太不帅了）

鹈鹕？

天鹅？

雪鹦？

但似乎没有一种清晰浮现其形貌的禽鸟

比‘白鸟’这个空幻的飞行物，诗意”

“后来我想

在我不为人知的梦的天空不停止飞翔的那只白鸟

其实是一只

我认了你陷溺在那冷酷异境

当初却无比专注，何其温柔

一动一动教我折的

纸飞机吧？”

她说

床边故事

他假装是飞行员
偷走我们那次穿过天空
原本可能在亚得里亚海的蓝色镜面
看见我们像白鸟优雅滑行的倒影
他假装能弄出一桌芭比的飨宴
当然我们哄他
我们吃得泪眼汪汪，狼吞虎咽
舌蕾如同一支交响乐团风狂雨骤的演奏
像潜水夫踢着蛙蹼钻进层层叠叠的珊瑚礁丛
他假装是精神病院院长
安静吸烟坐旋转椅聆听
所以我们把暗影深处

摔破的玻璃瓶，被灌了污水的绒毛熊

咬烂的指甲，口罩，插满针的巫毒娃娃

全排在他桌前

他假装我假装你假装

在一个化装舞会

这时，我说“停！”

我说“看着我的眼睛”

他看着我的眼睛

我说“看到我眼睛的最深处”

我不知他有没有照做

我说“我不知道他们是从什么时候伤害你？

但我想这是最后一个机会”

卡车在远方的公路像鲛鱇鱼列队巡游

有时我们坐在巷弄的咖啡座

被高压电箱的低频音弄得狂躁痛苦

我们不可能装作什么事都没发生
我曾告诉你我爱你
我又说了一次
“我曾告诉你我爱你”
“我以为这是最珍贵的事了”

但我从不觉得这丢脸或可耻
他说“诱惑者的日记”
他说“让人讨厌的松子的一生”
他的头像节拍器那支银色的尺来回摆动
他说“认真了，就傻B啦”
我说
“但我以为
爱是像九曲连环球那样的东西
在里面，在外面，梦外之悲
梦里不知身是客

光的褶皱是影

影的卵壳是光

在回忆中一次次摸索的某一块喉骨

但更多时光是踏空在全然孤寂的阒黑

哀恸又感激，心碎却又幸福”

没有东西可以被拿走的

像海洋的呼吸

白鸟的扑翅

星垂平野阔

月涌大江流

我说“最开始的时候……”

最开始的时候

爱如撒豆成兵

爱如细胞分裂

爱如一千零一夜

的

第一次开口问

“为什么是这一夜？”

“不为什么

因为它为你启动，由你命名，如电如露

有颠倒有妄想有恐怖

因为你而一次次修补

因为你才有了开始的概念

因为你才有了流浪这么巨大的词

因为你才发明了遗弃这么痛的感觉

因为……”

“因为……”

他睡着了

长睫毛覆盖如蝶蛾的翅翼

像所有好奇听故事却从不打算收拾残局

的

小男孩

女神

他们问我为何不再好奇

我曾目睹你脸如白银
甲胄如火　笑靥如花

我曾目睹你被炽烫玄铁穿过琵琶骨
摔坠入海
整个洋面瞬间沸腾
烟霞遮天
像一万只蒸汽火车头同时涕泗滂沱

我曾目睹你像蜂鸟那般拍动翅翼

瞒过时间之神

褪去她像银河星云那样织针纷繁的晨褛

让死亡白皙的奥丽图景

丰乳肥臀在我们眼前如瀑倾泻

我怎么可能再对任何事好奇

也许白鸥飞过冰原

曾梦见我为你流泪的画面

南半球的漩涡顺时针而转

这是真的吗

所有的故事都倒过来说

所有的眼泪结晶成矿石

所有的憾悔

只因当年害羞而缩回去的手

大火焚城，流星如雨
江河干枯，群鸟飞离

那一天
你还记得我吗

你还记得我吗

一天到晚游泳的鱼啊

一天到晚游泳的鱼啊
鱼不停游
一天到晚想你的人啊
爱不停休
沧海多么辽阔
再也不能回首

鱼儿鱼儿鱼儿水中游 游啊游啊游啊乐悠悠
不停地游啊不停地游
有一天你说
世界其实是像云霄飞车轨道那样的弧圈
我啊是倒着看那些拿着仙女棒的小丑，融化的

　鲜艳霜淇
淋半沉帆船的绿苍蝇
长胡子的蓬裙女人，尖叫的咽洞里粉红色鱼鳞

有一天你说
在最远最远那一端
有一个外国人灵魂长得和你一模一样
于是我知道你不只在旅途不断漂流
因为只有在栖息某一以为此生如此的静止时光
才能日后鱼拓某一张不是月台人群　快转影片的脸

不停地游啊不停地游
有一天你说
后来我爱上那些个漫天飞花的谎言
看它们飞行，交错，包围那不存在的城市
遮蔽那已发生的另一个喷泉广场

说谎者失去了“这个”存有

却站在这空的木箱上跟你说话

但有一天你说

时光会让那些虚与委蛇，蜷缩成一个真实的梦境

不因为懊悔，因为怀念

不因为色情时光之收藏

因为感激

不因为在失眠之夜

狐疑又相信，羞辱却终于描图真的不漂亮的自己

而是因为衰老如旧电影院的排队

长长的安静的他们

你终于没有特别之处

一天到晚流浪的鱼啊

鱼不停游

有一天你说

你会记下我，现在这个我

最年轻美丽的样子吗

那是许久许久以前的事了

风筝

因为我知道你是个，容易担心的小孩子
所以我在飞翔的时候，却也不敢飞得太远

我知道你容易被瀑布间的风惊吓
为海面上整批银色的鱼的浮尸
悲恸掩面
我知道你害怕地铁里尖声哭喊的，穿得整整齐齐的美丽女人
你不喜欢人们背后无意义说他人闲话
你不喜欢看到别人羞辱难堪

你是容易害羞的小孩子

所以这么多年你

在陌生城市混在那些陌生人里过马路

你在漫长狭小的飞机舱里

歪着头安心地睡着

那些运河，安静喂食海鸟的老人，街头陶钵里零钱脆响的芭蕾鞋女孩

他们在我雾渐散去的梦中愈远愈淡

你却愈自由，轻轻跳着

我曾想过

如果你疲惫结束那蔷薇色龟裂地图的旅行

回到我们的小白屋

却发现我已离开不在

那该怎么办

我曾想过

你目睹了怎么样孤独又让你眼瞎目盲的奇景

譬如雪原上空整条无垠往地平线那端垂泻的银河

譬如彩色沙漠上空的龙卷风是什么模样

或是那些悲伤的墨西哥人，倚靠在月台梁柱吹奏

萨克斯风
那个清丽的哀鸣只有弄丢孩子的老鹰
才会在高空盘旋发出同样的呜咽
譬如一整座小城的人像小说中说的全是面孔白皙的盲人
你会不会在遥远异国橱窗看见另一个一模一样的你自己
我们曾经那么伤心
年轻时的誓言竟然破碎如将废墟土墙剥落的风
但为何体会它，感激它
总必须将这样一个如书页夹住的透明叶脉
像地球仪转啊转到遥远不知名的异国
因为它终是一个
风中塑胶袋，旋转打滚的旅行
我曾经答应
如果死去
为了让你安心
那将风铃细碎哗令哗令
是我终于散溃无形

却仍守约来看你

但我喜欢哄你
两臂平展作出飞翔的姿势

我对你说“要强大”
我对你说“要耐心等候全景的浮现”
我说“我会一直待在这里等你回来”
我说“因为我知道你是个贪看美景，渴望自由，
　却又容易害羞的小孩子”

灭绝

那是一个永远的黑夜
不
是一个永夜中的枯寂荒原
不
是荒原上一群目光呆滞的迷路羊群
其中每一只羊孤立又不祥的预感

每一个梦都预演了它偎靠的这一小群同类
最终在这片穿透不了的黑暗中
被吞噬，捏扁，消失
但它的智力又无法想象
最后的灭绝来临那一刻

究竟会发生什么事?
有什么实体的感受?
会痛吗?
会流很多血或眼泪吗?
会看见和自己一样的同伴形骸
被肢解四分五裂扔散各处的惨状吗?

或是这一切其实已发生过了
只是它们并不知道自己其实是
已不存在的过去的幻影

在这样骨头发出哗啦哗啦大铁桶里碎冰块翻搅
　的声响
我以为泪流不止其实是冰雕的眼球在融化
我以为我穿着银白盔甲张展大羽翼在护卫着
恐惧塌陷

变成薄薄黑影的我爱的人儿们
却不想这一切原来是我梦中哆嗦而幻造
有一些故事是这样说的
我召唤来的天使神兵流着泪围成一圈
终于，终于要斩杀那个造成这一片尸骸遍野的
妖魔之子
却从悬浮于亿万光年外的其中一片碎玻璃
瞥见
原来，原来
这一切漫漫长途无有终点的大流浪，大拯救，
　大冒险
最后的密码拆解，就是
把那柄方天画戟插入我的额头

这个故事多么悲伤
但我要说的故事比这悲伤十倍

比空无的等待

比永恒的漂流

比天地间原来只有你孤单一人

还要悲伤

还要悲伤哪

我们曾以为

从裂开天庭那一瞬金光

跑出的小人儿

嘻嘻哗哗

在层层峦峦的地景奔跑

他们在小教堂办婚礼

上哲学课，野餐，学习冲浪和风帆

甚至拍电影

搭铁轨弄起蒸汽头火车

并在其中一节车厢装模作样地用银叉瓷盘用餐

他们说咩咩咩

他们说哞哞哞

他们说啦啦啦

他们说杀杀杀

后来，后来只剩下一座无人的空荡荡的废弃游乐场啦

只剩下朦胧黑影的巨大摩天轮，线绳牵绊的旋转木马

野鼠进驻的恐怖屋

一整墙面没有枪射击却塌瘪的彩色气球

还有，还有

最开始你引渡我到这河流尽头下岸的

那艘早没有桨

喙脱羽毛丑陋的，鸭子船

其实我一直在做这样的事

其实我一直在做这样的事
只是你没有发现罢了

我曾经像蜂鸟
整个肺囊扁成一张丝手绢
只为了奋力挥翅让时光
如瀑布倒流
所有你怀念的人儿
全倒退走坐回那车站的月台

我曾为了博你一笑
千军万马前玩穿着甲胄放屁

香蕉皮滑倒　或拧那个龙城飞将的鼻头
使百万精忠之师一夕叛变
我曾经推倒绕满整个小学操场的骨牌
它们悲伤躺倒前一个同伴
那漫长的哗哗死亡时刻甚至像午后的一场雨
甚至延伸到楼梯　升旗台　实验室　或后墙外那片
传说有迷路小孩的鬼魂仍在里头打转的整片芒花荡

有一天我发现我肩胛骨后的那对羽翼
终于萎缩成像两朵小白菊
额头的神之印痕愈淡愈像去岁的香灰
我知道所有璀璨所有逾越之贪恋
都要交出珍贵之物以交换

我渐渐不记得我曾拥有的
美德　梦想　其坚如冰的银色头盔

诚实　为人们的不公义而泪流漫面

它们已漂流至远方

像乳白的星河和黑天鹅绒夜幕神秘交会　穿越彼此的粼粼波光

他们说

银烛秋光冷画屏，轻罗小扇扑流萤

商女不知亡国恨，引刀一快 Keroro

他们还说

一朝春尽红颜老，花落人亡两不知

其实我一直在做这样的事

只是你没有发现罢了

我倒着走　倒着说话　倒着吃饭

只因为我其实已经是不在了的那枚倒影

我一直在偷偷等着沙漏翻转

第一撮细沙如雨檐水珠滴落

于是梦被重播像一张螺纹全眉开眼笑或擤鼻哭泣
的黑唱片

那时

你走上你让诸神噤默的舞台

虽然整座剧院塌陷在时间失落的粉尘与树蕨里

你依然风华万丈

全然无视这那在无数剧作里一再出现的坏劫与死亡

负弃或等待

你说“你怎么那么晚才来”

敲三下

敲第一下

桃花瓣那让人怔忡的脸

突然透明成水母

于是看见齿　骷髅　鼻窦

像 X 光片那样

烟熏玻璃看见有细柴在燃烧

她说"这是现在的我"

不是剥开

……没有开锁

让少年脑额叶沸腾熔化的那个芬芳

像茉莉花那样细碎洁白的芬芳

一直想掀起那若隐若现的薄纱衬裙
怎么有些女孩那么傻就把秘密交出去了呢
人类的文明一如一座老钟塔垂直上爬的螺旋阶梯
总是在攀爬中　剥落　耗尽　弯驼　发出尿臭味

敲第二下
女孩儿满眼满脸的笑纹
像银色小鱼
在玻璃纸褶皱的波光间轻轻摇摆
你说
雾失楼台，月迷津渡
桃源望断无寻处
我不知道那些时光你曾和那些人说话
你像总坐在公车最后一排
看那些年轻女孩使尽本领　媚态可掬　香气袭人
像水族馆每夜拿小纱网捞起灰色鱼尸的清洁工

它们原本是宝蓝配嫩黄　孔雀蓝　银红　斑马
　流动的影子
然后你要在这么清冷却秽浊的散宴时刻
吟吟笑着摇着一杯金黄如麦芽的酒
慈悲的温柔
修补他们哆嗦的噩梦
超度那些馊掉的荷尔蒙
那些天一亮必然蒸发烟散的羞辱和怨毒
宿醉如捶击冰块　必然后悔的唇舌酸臭的倾诉
　和眼泪
你说
落花人独立，微雨燕双飞啊
你说
我有好多话想对你说呢

敲第三下

那时

最甜蜜无猜的时光

你问我有多爱你

“像整个银河系的星体都在灿烂燃烧啊”

你问我会爱到多久

“像整个银河系的星体全燃烧殆尽

剩下一整片上千万颗白矮星的枯寂与暗黑”

那时我说

双子

我不是这个我
我也不是那个我
我不是柏青哥哗哗灿亮滚落的弹珠
也不是无数颤栗在空尘中的讯号
如果没有星座这玩意的发明
我存在于人类之形式就是谜
谎言　诗　魔术　牌戏
赫拉克利特之河
我不是河床
是没有一次重复
流过的　被蒸发的　撞碎在岩石上的　和鱼尸
　一起困成浅滩小洼的

成为重坠瀑布中一串的　被冰封的
那许多许多的可能
我的灵魂是水银
血液是干冰
它没有办法忍受一个沉闷的持续
它必然要成自己原本的那个形貌裂破
也许我其实只是一部一部电影
它的片尾曲是流浪者之歌
它在光墙上视觉残影的
是卓别林　是孤星泪　是荒野大镖客　是最长的
　一日
是 2001 太空漫游　是铁达尼
我是分身忍术收不回来的那无数洒出去的感受淡影
我是减数分裂
人类想象力几万光年外的漂流飞行器
打捞最孤立的奇异经验
我代表换喻　点描画法　悖论　蒙太奇　相对论
　之出现

我厌恶　成为一整片同样朝风姿势之向日葵田
　里其中的一株
那使我总是背上背叛者恶名
背叛昔日之我　背叛窒息的关系之网　背叛已
　辉煌成熟的艺术形式
或所有人说话的习惯
我是一个老人　背着半世纪前那个喋喋不休的
　孩童的自己

除了那一格秒针之瞬
我不是我自己

巨蟹

很多年前母亲所说一个久远前的姑婆
发疯穿过月光田圳一圈一圈的银波纹
至今仍让她哀愁
她是真的相信
最孤独的人
只要有一个人还记得她
她便不会散成风中微尘
她可能从小学二年级
就会从父母有一天会死去这惊恐压垮她的预感哭醒
她很怪
很多年后她在机场免税店闻女孩递给她喷上一只
　小银瓶香水薄纸

她突然想起一个蝉鸣喧天　绿光盈满
的夏天
那个穿女高校制服坐她身旁抽烟的小表姐

她总相信有七分之二的自己
并不在现在这个体内
她们在遥远异国的机场垂着长颈睡着
或是在街角沉静地　无有颓废地当妓女
她相信前世今生
她记得中学教室每一个女孩的名字和她们的脸
她记得一些长长的窄巷
她总在一个葬礼中发现　并特别倾身照顾某个被
　冷落
其实在角落悲恸欲绝的妇人
树木在眼前枯落
门阶前的牛奶空瓶在冷风中发出馊味

她能分辨
被外星人抓走过的人的创痛
卡阴者被另一个灵魂占据的创痛
童年遭受过性侵者的创痛
或纯净的在自己忧郁症迷雾森林徘徊者的创痛

但她即使表达强烈的情感
都像冷雾一般节制且优雅
他们以为她冷淡
殊不知她害羞且敏感
她害怕自己的歇斯底里和躁狂
像毛蜘蛛的脚
从她领口爬出　触碰到耳后根的琐细感
她对爱的形式
似乎只有“母亲”或“女儿”
甚难以女人展演之

以“女人”的时刻

她或是独自走在湿雨无人的动物园

或泪流满面地站在一所正放学的小学校门

她想好了

有一天她的墓碑上只要两个字

“昔时”

处女

行到水穷处
坐看云起时
因为活在一个每一瞬息万变
都安静将之绘成分解图的高塔上
所以有些人误以为她秘密接上帝的订单
编织另外一些宇宙的繁复垂毯
其实
她在内心
可能处理了四十年
一整座飞行之城的机械设计图
有些人说她晚年脸颊像螳螂一般窄削
淡淡荧光绿

因为表情肌肉在一种像高阶几何的换算

旷日费时终于溶解

如电亦如露的笑靥　悲伤　轻蔑　贪恋　思慕

背后拖曳翻寻的庞大档案与记忆比对

那使她永远保持着石膏板的拓模

她的故事必须从头说起

事情当时是如何怎样

她从小学课堂便犹豫

光究竟是粒子还是波动

因为那决定着她要描述的一幅许多年前的伤害画面

那些人在昔日所站列的位置

谁遮住了谁的脸

她苦恼于所有传递工具的不精准

是的　工具

包括拥抱的臂弧

包括爱这件事其实是多少环列镜墙　不同侧角投影

所有计算　动机　关系网的交涉　人格扭曲的
　倾斜角之总和
她总说她必须整理好她的工具箱才能去另一条
　街的酒吧
但那工具箱是一座城市的兴衰史
她的爱情当时总最无情
然包括忏情录　雪花球里的当时人物风景
都是处女座的发明
四十年五十年仍收藏着当年那人的烟斗　兔毛
　帽　一枚袖扣
她持续在时光中描摹那只在她脑中袅袅燃烧的
　白烛焰
你碰到沉默的处女座千万不要去撩她
不要想引动让她讲讲到底在想什么的开辟
她是唐三藏啊
她是以耗费半生至神的国度翻译回之后一两千

年人们

比现在的人们相信的时间　巨大一千万倍的全部

经书

射手

他们是骑着磁浮飞行器在废墟之城上
眼瞳如单眼快门喀嚓记下
那螺旋体悬空巨石
上面的奇幻大文字
他总将一座异国之城街道上梦游般的人们
当做他将要盖的那座高海拔神庙
虔诚的奴工
因为他的辉煌文明计划
不可能不激动人心
如果切格瓦拉不是射手座
那就是他的生辰弄错了
我们以为射手是极速者　灵魂的法拉利

其实那是一种微分之后
你发现无数箭矢静止不动
形成一条银河般的美丽弧湾
射手将它们连成一瞬动作
因为他的宇宙维度太大了
他必须要用超时空跳跃才得以解释他要的构图
对权力的领会
哲学的衔接
马子们独一无二的诗意时光
人类文明的全景鸟瞰
射手座全像不疲惫的飞行员
降落　起飞　在他的航空日志画下简图
射手座未必耐烦权力
但他为了自由和女色
不惜学习冲撞权力的诀窍
射手座其实不像那些在女人堆中周旋

调戏　以此为乐的性好渔色者

但他为了好奇人类文明那神秘动人之曲折 变奏

他成为唐璜中的唐璜

他收集世界各地流浪交换来的

经文　瓷器　古老的皮箱　女人项链上的宝石

　鎏金小铜佛　一百年前的珍藏好酒

但他其实只是在内心绘制一幅

和收藏家们完全不同的

亚历山大大帝内心流动的征服者地图

他的灵魂在这样的飞行中

穿越不同景框的鬃毛舒展

射手们不可能内心没有一幅孤寂的旷野

魔羯

我相信最早最早的辰光
有一群高大　垂着羽翼　脸庞发光　穿着白袍的
　神人
祂们将搭上宇宙飞船离弃这颗星球时
温柔慈爱俯身对某一个地球人
传授了飞跃文明的知识
金字塔的构建　几何　天文学　空无的概念
神话　超过亿单位年的未来抽象世界
而这一族
坚忍守护那超越其他部落想象力的
必须相信　必须等待文明演进
超过几世代　不　可能整个黑暗时代

伪装成大祭司　疯人　悲剧剧作家
文笔差一点的写了山海经
文笔好一点的写了圣经
我猜这一族就名为魔羯
他们的后裔总在描图一个
必须从外太空才看出其轮廓的
大文字
但为了要从高山之巅　丛林　深海　沙漠
万里地表动员那排列
对着遥远星空一双想象的下望的眼
他们耐心捱过千年
由之创造了物理学　兵法布阵　阶级制　历法
　　冶金术　宗教
年轻的星座们
不理解为何魔羯
用怎样的侦测声纳

皆无法追踪到他们似潜伏在最深海底下
一丝丝灵魂的暗影
他们像时光意义解消掉
最硬岩层坑道里的矿工
他们如此无趣挖凿单一个体看不到的几公里长
　的钻石矿
整座纽约城数百年的下水道分布图
整个地球所有昆虫的种类和习性
有历史以来每个不同朝代所有首相的名字
所有酒庄不同季节谷类　不同酿造方式　年份
　　以及细微口感差异的百科大全
其实小孩子时的魔羯
无一例外曾迷路在光影错乱的陌生街道
无比恐惧
他们因为缺乏对那些反应快速的张爱玲式一室
　人心机交手
而茫然如关机机器人
很长时光他们的视网膜没法将所看见的一片忧

郁朦胧

解译成一个世界所是的样子

但他们可以在那样不为人知的疑惑恐惧里

像隔着一片厚玻璃

不吭一声地长大

对他们而言

活着　就是坚忍等候

最后世界会像挣跳的小鸟

终于被他攒在拳握中

我认识的老魔羯都是冷笑话之神

但我说不出的

那些笑话精准得像飞出太阳系那艘漂泊之船

在寒冻中轻微喀喀调整望远镜的小镜头

他们说那些笑话时的眼神

总哀伤得像

在遥远外太空站的弦窗

孤独一人望着地球一般

无题

“我爱你　你就得爱我
我不爱你　滚开　小心我揍你！！！！！”

明年我的运气好不好啊
干他妈讲好的大家同时朝会脱下裤子吓教官
为什么只有我
一句话　你到底喜不喜欢我嘛
给个面子嘛
来
来决斗
决斗啥？　哎随便啦
赌注多少？　哎随便啦

对不起老板对不起我不知道刚是你在里面撇条

对不起我以为是偷窥狂　啊在里面不出声那么久

我最赌烂阴暗的人

什么？

谁欺负你？不要哭　哥儿帮你讨回来

什么？

我揍他　是因为你耶　结果你跟我断交

生命为什么这么长

我的心理医生为何反而哭着跟我讲三个小时他的童年伤害

不知为什么不闯红灯不超速我就不舒服

为什么我永远是一屋子人最后听懂笑话的那个

为什么我总是手脚身体出去拼搏　短跑　忙活了一天回家

才发现我的头孤零零放在床头柜一早忘了带出门？

我想哪吒是牡羊座的吧

到底我明年运气好不好咩?

为什么我没有一年运气好的！！！！！！！！！！

你们放我鸽子

结果我自己一人骑机车到台东看日出回来了

一天

一天

两天

潦草的　追悔不及的脸色比较枯黄的

个子比较小　比较害羞

被挤在一列列高壮　脾气比较坏

气味比较浓

去年　前年　喔十年

贴近身的 对不起没把你们栓紧　看顾好的

自己们

后面的　那些天

像黄色的小雏菊

一天　两天地离开他们愈来愈远啦

一天　两天

散溃的自己

勇敢地站出黑压压队伍前

孤零零的未来

烈日曝晒的操场

全部的　那怀念的　唇干舌躁　混了尘土咸汗的

一排一排的昔时

全讶异静默

看着原本在他们之中的那个小人儿

歪歪跌跌往前走

一天　两天

没有叮嘱和劝告

会发生什么事呢

“最开始的时候

我们也是这样啊

双脚发软

先走第一步出去　再走第二步”

“我们已经　一直那么努力　那么疲惫

为什么？”

树木翻倒 教室塌毁 操场跑道柔肠寸断

走廊水龙头滴出褐色的锈水

那只大象溜滑梯的鼻子也被偷走了

扩音器从很久很久以前就变虎头蜂的巢

厕所没有人再敢进去了

整个昨日的我

一列一列如黑泽明的那些亡魂士兵

忠心的　绝望的　相信要让这时间的汗滴蒸发时

是晶莹的

那个踩出阴晦不明“未来”那条线的小人儿

对全部的　脸正融化的我说

“不要感伤　坏掉的不是我们

我们一直　一直做得很好”

还会有往未来伸出蜗牛触突的　一天

还会有像比较好的空无　伸出美丽花茎

那样的　再一个一天

淡淡的　总会成为风景的

一天

深海

我曾经沉到很深很深
不见光的海底
那样的痛苦
可能只有周星驰的《西游记》(不是新的这部)
那孙猴子片尾被紧箍咒锁死脑门
露出犬齿的绝望
可堪比拟

我们会想
“是要怎样的使命
才让这样神力　不可能被压垮碾碎的我
要经历这样的考验？”

我们怒目抬头
那用这样漠然方式
驯制我们的　狗日的天

当然你可以把自己视为一架
神　祂演奏了半场
离开　休息　睡着了　忘记了
沉在海底的一架掀翼大钢琴
每一个键终于像被钳拔掉的指甲盖
漂浮而去
你的音箱不再吐出成串珍珠泡泡
里头生锈钢丝　如死去女人的贴额黑发

有一天
很久很久以后的有一天
栓住你脚踝的铁链终于脆裂了

你在摇晃的水光中
发现黑皮鞋早不在的双脚
演化成尾鳍
你变成一只胖鲸
那么自由地翻跳出海面
那么不可思议地　在海底森林穿梭
阳光像那些硬骨鱼类的鳞片
薄薄镶嵌着　一小格一小格虚无

你心里想
“我喜欢现在这模样”
巨大的吞吐　笨拙的形状　无意义的长途曳航
和你贪心的造物　原本期盼的尺寸相比
还不够发展出文明的
脑容量
“但我喜欢现在这样”

你害怕

你的神

回心转意

又把你栓回那冰冷的深海

给不存在的女儿

嘿　茱蒂

你在唯一的那束光里跳舞吗

你在低头走路慢慢离开一个公车月台

因为你突然不想去那说好的地方吗

你正离开那些不柔软却鲜衣怒冠的人儿

走进倦鸟敛翅　街灯不见了

很长很长的　疲惫偎靠的影子吗

你还像那时告诉我的

如果你在捷运　好吧或是梦的长廊里

对上了一张毁容者的脸

你不会将眼睛和微笑移开

因为那是练习

因为你要练习永不松开手

不让悲哀的　忐忑的走索者摔下吗

或者是

你终于会暗淡

发出花朵枯萎的气味

那时你终于会想起我吗

或者是

世界终于变得那么短

短短的哭泣　短短的同情

短短的尊严　短短的为不义而生气

会不会

我是你最长最长　最远最远的某一次发呆

嘿　茱蒂

—

别害我哭啊

你还是爱问“然后呢”的那女孩吗

你坚持事物该有它典雅的秩序　他们却惩罚你吗

你讨厌滥用不配那些情感的那些词

却感觉到粉尘般的被冷淡吗

你开始说“人群”而不是说“我们”吗

你开始独自一人看电影了吧

放荡不羁的大人们的故事

不再让你愤怒了吧

他们静静地老去

转了个身离开

为了自由他们放弃了被怀念

或是放弃了生活本身却糊里糊涂被怀念

世界变短却变得像一亿座海洋那么巨大

我以为我曾在某一片珊瑚礁放你漂开

没想到

你变成唯一的　孤独的那只　荧光海马

印章的故事

骆以军

年轻时懵懂用了“弃”这个字作书名，其实那时哪懂这个字在生命史中真正开启的恐怖哀恸。不想这样二十多年下来，这个字倒成了我小说书写的咒语或预言。像必须补足学分，像孙悟空几个筋斗云往天边飞去，就是翻不出如来佛的手掌心。如今知畏，不论身世之哀，设定于父亲那一辈的花果飘零，或在后四十回所看到的“弃”之后的慢速塌毁，自我的脸在痛失所爱，天地不亲的哀鸣中变成怪物。这种种都不是当年写“弃”的那个年轻人能想象的。重出这本“时光胶囊”，印刻初安民先生建议我在每本孤立之书，这“后来的故事”，盖上父亲留下的藏书印。我觉得那像是父亲私秘给予我的祝福和镇魂之印。如何在这样荒凉暴乱人世，虽然疲惫且常惊栗惶惶，然作为我这一组故事的第一个被拔掉的字，到他过世之前，仍在被弃的流浪中，从孩子，青年，终于成为老人，仍不改对那不辨在何处遗失，遗失之前那文明全景的孺慕，对泥滩脚印般凌乱但至少此刻真实踩下的不虚无。不疯狂迷乱。不否定那遗弃之前，人该有的尊严和美丽形貌。